穿靴子的猫
彼得·潘
绿野仙踪
爱丽丝梦游仙境
红发安妮
丛林之书

名著岛
亨塞尔与格莱特
王子与乞丐
海的女儿
美女与怪兽
木偶奇遇记
格列佛游记

魔法图书馆

涂色画

加嘉工作室 [韩] 智追莉 著　[韩] 李景姬 绘　李婷 译

魔法图书馆

奇妙糖果屋

海峡出版发行集团
海峡文艺出版社

前情提要
每当作家用心创作出一部妙趣横生的作品时，
幻想王国中就会诞生与作品相应的故事王国。
人们所知道的故事中的主人公，也都
生活在幻想王国相应的故事王国之中。

一天，黑魔法师偷偷溜进知识场图书馆（魔法图书馆）中，把管理图书馆的魔法师托尼变成史莱姆，试图偷走具有强大魔力、能够统治幻想王国的黄金书签！

万幸的是，黄金书签具有自我保护能力，在黑魔法师到来之前预感到了危险，早已四散到各个故事王国中去了。

魔法书具有神奇的力量，能将散落各处的黄金书签收集在一起。现在，请让我们带上魔法书出发吧。

主要人物

甘妮

平时言行谨慎，但在美食面前容易放下戒备。为人正直、善良，面对困难不屈服，勇于迎难而上。

尼妮

热爱冒险，喜欢甜食。待人真诚，能够轻松与人结交，认为一个人的内在品质远比外表来得重要。

托尼

守护魔法图书馆的大魔法师，不幸遭到黑魔法师的诅咒，变身成了怪物史莱姆。

亨塞尔

曾迷失于森林深处，学会了宝贵的生存技能，精于寻找路径，擅长构建秘密通道。为人小心谨慎，做事勇敢果决。

格莱特

心地善良，会为迷路的人提供温暖的居所，送上饼干和牛奶。而她的善意，有时也会让她陷入困境。

黑魔法师

代表邪恶力量的大魔法师，企图通过各种手段征服幻想王国，他的存在，对甘妮和尼妮的冒险构成了持续的威胁。

女巫

外表丑陋，加之吃小孩的谣言，村民们对她既害怕又憎恶。

目 录

引子 饼干店的诱惑
嗯？那不是尼妮吗？
尼妮，你在这儿干什么呢？
啊，姐姐！
你是背着我买好吃的吧？
啊，不是的！真的不是！
那就更奇怪了。说实话吧。
其实……好吧，我是背着妈妈偷偷出来买饼干的。
那真是太巧了，我也突然很想吃饼干。一起去吧！

就在这家甜品店买吧。虽然店面不大，但里面有很多品种。
这家店看起来太简陋了……不如去新开的店铺吧。
我觉得还不错。
ATM
好的！
这里？这里看起来很干净。
这个包装真好看。
你只看包装？难道不看味道如何？
“好看的年糕味道也好”，这句话你没听说过吗？
我更知道“徒有其表”这个词。

这个看起来怎么样？它的颜色很诱人呢！
你不是也看包装吗？
嘿嘿——那我们来尝尝。
好哇！
这个好贵呀！
嘿嘿，贵的东西肯定更好吃。
这是什么话？！贵的东西不一定好吃！
别担心！肯定好吃……

啊！姐姐！
我的饼干……
尼妮，抓紧我的手！

第一章　步入糖果屋
这不会是梦吧？
用糖果和饼干做的房子！

甘妮和尼妮掉在了松软的雪地上。她们轻轻掸去身上的雪，站了起来。就在这时，一股香甜的气味扑鼻而来。

“森林里怎么会有香甜的糖果和饼干的气味？”甘妮使劲吸着鼻子。

“是啊，还真是奇怪。”尼妮也使劲吸着鼻子。

姐妹俩跟着这股香甜的气味，来到了一个用饼干和糖果建造的房子前。

甘妮和尼妮被这座用饼干和糖果装饰的迷人房子深深吸引着，不由自主地走了过去。尼妮心情无比愉悦，还忍不住摘下了庭院里一朵糖制的花朵。

甘妮看到后，立刻提醒道：“尼妮，不要随意触碰。这糖果屋里可能住着女巫。”

“姐姐，放轻松。”尼妮耸了耸肩，“我们又不是没对付过女巫。别忘了，我们还有魔法书。”

“即便如此，我们还是要小心为上……”甘妮依然保持小心谨慎的态度。

“姐姐，我们如今可是在幻想王国啊！”尼妮试图打消甘妮的顾虑，“如果不是在这里，我们怎么可能有机会亲眼见到，更不用说品尝用饼干和糖果建造的房子了。”

就在甘妮还在犹豫的时候，尼妮已经轻轻地将那朵糖花放入口中。

尼妮的眼睛瞪得圆圆的，她兴奋地喊道：“它在我嘴里慢慢融化呢！姐姐，你也尝尝吧。”

尼妮将一朵糖花递给甘妮，甘妮接过来小心地尝了一口，双眼立刻闪现出惊喜之色。

从这一刻起，甘妮和尼妮开始尽情享受这座由饼干和糖果装饰的庭院内的物品。甘妮折下了一段由长条糖果编织成的篱笆，轻轻在巧克力喷泉中蘸一下，细细品味。尼妮则剥下了墙壁上的巧克力片和饼干，津津有味地大口吃起来。

甘妮在庭院里逛了起来，一边挑选食物，一边连连赞叹：“这些东西不仅香甜，还有我从未尝过的绝妙味道！”

甘妮话音未落，尼妮便递给她一个果冻，眼里闪烁着兴奋的光芒说：“尝尝这个，姐姐。这味道先是草莓的清新，然后是芒果的香甜，接着是香蕉的浓郁，它像冰块一样清凉，又如云朵般绵软！”

甘妮和尼妮索性坐下来，开始大快朵颐。就在她们吃得津津有味时，突然，门轴转动的声音打断了她们。

听到“吱嘎”声，甘妮和尼妮手中的动作瞬间凝固。

“这里可是女巫的居所。”甘妮低声提醒。

“会是什么样的女巫呢？”尼妮的声音轻轻的，还带着一丝颤抖。

两人嘴角还黏着饼干碎屑，舌尖流淌着糖果的甜味。她们紧张地咽了咽口水，缓缓转过头，将目光投向了那扇门。

门后出现的并不是她们想象中的女巫，而是一个和尼妮年纪相仿的女孩。她皮肤白皙，脸颊泛着健康的红晕，两条辫子垂在肩上。

“啊，对不起。”甘妮和尼妮几乎同时脱口而出。

女孩听后咯咯笑起来，那笑声清脆悦耳。甘妮和尼妮一时不知所措，也跟着尴尬地笑了。

“别担心。”女孩的声音很温柔，“这座糖果屋是专门为孩子们准备的，你们尽管享用吧。”

听了女孩的话，甘妮和尼妮心中的紧张顿时烟消云散，都松了一口气。

“你好，我叫甘妮。我是姐姐。”甘妮立刻伸出手，友好地打招呼。

“你好，我叫尼妮。我是妹妹。”尼妮笑得很灿烂，挥了挥右手。

女孩带着一丝羞涩，但同样热情地回应了她们。

你们好，我叫格莱特。

遇到的不是女巫，太好了！

你就是格莱特啊，那你哥哥就是亨塞尔了？

嗯，没错。

这里真的不是女巫的家吗？

你们真是勇敢，认为这里是女巫的家还敢吃饼干和糖果。

太好吃了，实在是忍不住啊！

你们的心还真大，有好吃的命都不顾。幸好现在这里没有女巫，只有我和哥哥住在这里，所以——你们放心吃吧。哈哈哈。

你们为什么住在森林里呢？

为了帮助像以前的我们一样在森林里迷路的孩子。

是因为有女巫孩子们才会迷路吗？

不是说这里没有女巫了吗？森林那么大，孩子们进来就有可能迷路。我们住这里就担心不小心迷路的孩子，希望为他们提供食宿，指引他们回家的方向。

你们真善良！

外面很冷，进来喝杯热牛奶吧。

甘妮和尼妮走进糖果屋，不禁大吃一惊。屋内的装饰宛如一间精心布置的甜品店，充满了温馨与甜蜜。

尼妮注视着格莱特走向厨房的背影，总觉得有什么地方怪怪的，于是轻声对四处张望的甘妮说：“姐姐，你有没有注意到，格莱特走路时腿似乎有些不自然？”

甘妮并没有太在意尼妮的话，她不经心地答道：“哦，可能是吧。也许是因为忙着装饰这座既漂亮又美味的糖果屋，所以显得有些疲惫。”

“来，坐下休息一会儿吧，你肯定累坏了。”尼妮看到格莱特拿着牛奶回来，立刻把她牵到椅子上坐下。

“你……呃……真的很……呃……贴心。”尼妮的亲切让格莱特感到意外，她突然开始打嗝。

“哎呀，你嗝打得太厉害了，你先喝吧。”甘妮把格莱特递过来的牛奶又递给了她。

尴尬的格莱特轻轻推开甘妮和尼妮，站起身说：“我……呃……打嗝……呃……没关系。呃……”

甘妮看着这样的格莱特，心中充满了好感，悄悄对尼妮说：“她肯定只是习惯于照顾其他孩子，还不习惯于接受帮助。她也还是个孩子……”

“我们既然来了，就帮忙吧！”尼妮拍着格莱特的肩膀大声回应姐姐。

格莱特一边喝牛奶，一边沉思，好一会儿才开口道：“那你们愿意帮我一起修理被你们吃掉的庭院里的物品吗？”

“哇！太有趣了！”甘妮和尼妮兴奋地大喊起来。

“嗯？有那么值得高兴吗？”姐妹俩的反应，让格莱特惊讶得差点把杯子掉在地上。

第二章　露出破绽

甘妮和尼妮协助格莱特干活，她们用力揉着面团，用饼干模具塑出形状，小心翼翼地把饼干放进烤箱中。她们还舀起糖浆，拉丝，缠绕，捏塑，上色，做出了一朵朵漂亮的花。

忙碌中，甘妮问尼妮是否感到累，尼妮笑答：“一想到我们做的面包、饼干等会被其他孩子吃掉，我就感到非常开心。”

尼妮的话让格莱特的表情变得严肃，她的眼神中透露出一丝不易察觉的忧虑。

尼妮注意到格莱特的表情变化，小心翼翼地问：“格莱特，我是不是说了不该说的话？”

格莱特听到尼妮的问题，显得更加慌张，如果有条地缝，她一定会愿意钻进去躲一下。

“啊，不。我只是觉得你们这么为他人着想，辛苦地烘焙，让我感到很欣慰，所以……”格莱特试图转移话题，将目光转向窗外，“哎呀，下雨了。饼干和糖果装饰的房子不能淋雨！”

“饼干变软就不好吃了。我们拿出塑料布来遮盖房子吧。”甘妮看到墙角有好几大卷塑料布。

“那样做来不及。”格莱特说。

“我有个好主意！”尼妮打开窗户，展开魔法书，大声念出来，“大雨伞现身吧，保护糖果屋免受雨淋！”

“魔法书真是神奇。”格莱特的眼里闪烁着好奇的光芒。

“在魔法书里，我们随时可以拿出需要的东西。”尼妮走近格莱特，翻开魔法书给她看。

哗——哗啦——哗啦啦——不一会儿，雨声大作，粗大的雨滴猛烈地敲打在雨伞上，噼啪作响。天气变得阴沉，雷电交加，更显出几分恐怖气息。

“太不寻常了，这里很少遇到这样的天气……”格莱特望着窗外，喃喃自语。

“是吗？难道发生了什么事？”甘妮的脑海中突然闪过一个不好的念头。

尼妮也想到了同样的事情，她的表情与姐姐如出一辙。

“如果突然发生了不好的事情，那会不会是……”尼妮担心地看着姐姐，正要说出心中的忧虑。

“砰！”尼妮话音未落，门突然被撞开了。

“轰隆隆！”在闪电划破天际的一刹那，一个黑色的身影出现在门前，甘妮和尼妮不禁尖叫起来。

轰隆隆！
轰隆隆！
谁？谁呀？
砰！
姐姐，我害怕！

你们好，我是亨塞尔。

黑影没有回答，只是快速闪身进了屋子，关上门，嘴里嘟囔了一句："这鬼天气。"

听起来是个少年的声音，这顿时让甘妮和尼妮紧张的心放下了不少。但是，姐妹俩还是紧盯着黑影，做好随时应变的准备。

因为外面雷声、雨声太大，黑影没听见姐妹俩的尖叫，也没发现有外人盯着自己，自顾自地脱下湿透的外套，顺手挂在了门侧的挂钩上。他转过身来，是一个和格莱特长得很像的金发少年。

和甘妮、尼妮目光相对时，少年明显被吓了一大跳。

"哥哥回来了。"格莱特的话，顿时缓解了现场的尴尬气氛。接着，格莱特向甘妮和尼妮介绍了她的哥哥亨塞尔，又向哥哥介绍了姐妹俩。

甘妮和尼妮这才松了一口气，脸上换上抱歉的笑。

"刚才突然大叫，不好意思。因为闪电造成的强光，你的身影看起来很可怕。你应该知道打闪电时人看起来怎么样吧？拍照时如果背光，脸就会变暗，看不见，对吧？……"尴尬的甘妮回避着少年的目光，啰里啰唆地解释着情况，越说越不着边际。

"没关系啦！"亨塞尔的声音很温柔，"甘妮和尼妮，欢迎来到我们家。"

"我们也很高兴见到你！"尼妮大声回应。

格莱特把大家叫到桌子边坐下，端出了四杯热牛奶，少男少女们围着桌子聊起天来。

外面的大伞，是你们准备的吗？

没错，是我们从魔法书里拿出来的。

原来你们使用了传说中的魔法书啊。

你知道魔法书？我拿给你看。

谁都可以看吗？不是只有旅行者才能使用吗？我真想摸一摸这神奇的宝贝啊！

我也不太清楚，但摸一下应该没关系。

嗯……这本魔法书我得仔细地看看。

哥哥，从村子回来的路上一切顺利吗？

还好，可惜只买了一袋面粉。

你去村里了吗？有没有发生什么不寻常的事情呢？我总觉得心里不踏实。

一切如常。你为什么这么问呢？

其实我们是为寻找黄金书签而来的。不知道你有没有在村里听到什么消息？

黄金书签？很贵重吗？我没听说过。

或者有没有关于黑魔法师的消息？天气突变，我还以为是黑魔法师在作祟呢。

黑魔法师？他又是谁？我从来没听过关于他的任何事情。

那真是太好了。看来黑魔法师还没来。如果我们可以先找到黄金书签就好了。

那就赶紧找起来吧。

嗯，我们快点开始找吧！

哈哈，感觉这次事情会解决得很顺利。

但愿如此。

那我们该如何找黄金书签呢？而且这会儿外面雷雨大作。

呦，这个小不点儿真聪明，一下就抓住了事情的关键啊。

格莱特，你太无礼了！旅行者是我们的客人，怎么能说人家是小不点儿呢。

那个……那个……我说的小不点儿，是……是表示可爱的意思。

没关系，我喜欢被人说可爱！

尼妮虽然年纪小，但是她很勇敢，很聪明，当然可爱。作为姐姐，我最了解她。

雨不知何时悄然变成了雪，外面又变成了一片银装素裹的世界。甘妮、尼妮、亨塞尔和格莱特聚在一起，讨论着如何寻找黄金书签，他们的表情，都透露出对王国未来的担忧。

“在现实世界打开魔法书，就能来到黄金书签所在的王国。所以，既然我们来了这里，就一定有黄金书签。”甘妮解释道。

格莱特歪着脑袋问："黄金书签是什么样的？"

尼妮抢着回答："它是用金子做的，闪闪发光！不同故事王国的黄金书签的形状各不相同，但一样都会闪闪发光，一看见就知道。"

甘妮补充道："它通常藏在各个故事王国的主人公身边或与主要事件有关的地方。"

亨塞尔问："主人公？那么它可能就在我兄妹身边？"

尼妮笑呵呵地答："对，它很可能就在你们身边。"

"所以有可能在这个家里。我们不妨先从家里开始找吧。"甘妮说完，就开始翻箱倒柜了。

第三章 寻找黄金书签

黄金书签究竟藏身何处呢？

四个人在家里分工合作，到处寻找黄金书签。格莱特逐一打开抽屉仔细查看。尼妮趴在地上，不放过沙发底下的每一个缝隙。甘妮查看壁橱等高一些的地方，尤其是书架，她把书一本本翻开来找。亨塞尔主要负责搬重物或查看较危险之处，他甚至检查了烤箱内部，确保不遗漏任何细节。他们每个人都认真细致，希望找到那枚珍贵的黄金书签。

“要是今天带上小狗棉花糖就好了！”尼妮叹息着，“它那敏锐的嗅觉肯定很快就能帮着找到黄金书签！”

“这里到处都是棉花糖不能吃的零食，幸好今天没带它来，否则它可能会忍不住偷吃。”甘妮笑道。

“看来在糖果屋里找不到黄金书签。”格莱特遗憾地说。

甘妮指着一扇门说：“那扇门后面是什么？我们还没检查过那里呢，对吧？”

亨塞尔急忙挡在门前，说：“那是仓库。今天早上我和格莱特已经仔细整理过那里，并没发现黄金书签。”

格莱特也赶忙补充道：“确实，我们把那里打扫得干干净净，确实没有黄金书签。”

“如果家里都没有，那么黄金书签到底在哪呢？”尼妮显得很失落。

“难道黄金书签隐藏在了森林的幽深之处？”格莱特问。

“森林？这片古老而神秘的森林深邃莫测，潜藏着许多未知的危险。”甘妮的声音里透露出一丝忧虑。

“但正是这样的地方，才可能藏着未被发现的秘密！”尼妮显得很有信心。

“或许它正静静地躺在雪的怀抱中，等待着我们去发现。”格莱特的话，就像是一个诗人说的。

“那么，我们必须做好充分的准备，深入森林得确保不会迷失方向。”亨塞尔在森林待久了，可以说是经验丰富。

听了亨塞尔的话，尼妮急忙问：“今天下雪呢，我们要用白色鹅卵石标记路径吗？如果用那些饼干屑，恐怕很快就会被鸟儿们啄食一空！”

“现在外面银装素裹，白鹅卵石在雪地中难以辨认。”甘妮皱了皱眉，显得很担心，似乎在考虑一个更可靠的方案。

“别担心，我有更好的主意！”尼妮的嘴角扬起一抹自信的微笑。

尼妮取出魔法书，亨塞尔和格莱特好奇地凑近观察。她将手探入书中说：“我们可以用红色丝带做标记，就像上次我和爸爸妈妈爬山时看到的那样。我们在沿途系上红丝带，在白色天地中，红色最耀眼，好认。”

甘妮看到尼妮拿出一大卷红丝带，夸奖道：“你真聪明，尼妮！那我们就出发去森林吧！”

尼妮把一大卷红丝带分成一小段一小段，分给其他三人。孩子们踏入森林，一步步深入，每走一小段就系上一条红丝带，没过多久，这白色世界就被点缀得生机勃勃了。

“这样既显眼，又不伤害树木，一举两得。”用完一卷后，尼妮又从魔法书里拿出一卷。

亨塞尔注视着尼妮的动作，问道：“使用魔法书时，需要念什么咒语吗？”

“不用那么麻烦，只要想着需要的东西就可以了。”尼妮的笑容中透露出一丝神秘，盯着亨塞尔，“魔法书很神奇吧？你想要一本不？”

亨塞尔挠着头，若有所思地说：“在这个世界上，哪里会有不想拥有魔法书的人呢？”

“哈哈哈，也是。”甘妮和尼妮相视而笑。

就在此时，孩子们面前突然出现了一片花田，仿佛是春天的使者意外地闯入了这片银装素裹的世界，带来了一个与冬天完全不同的季节。有一本书在空中轻轻飘浮，它闪烁着奇异的光芒，像一轮小太阳点亮了这片小天地。

看到这一幕，格莱特兴奋地喊道：“这里可能有黄金书签！”

孩子们弯下腰，开始在这片繁花似锦的花田中仔细寻找。他们的目光在每一朵花、每一片叶子、每一根枝条间穿梭，不放过任何可能隐藏着黄金书签的角落。随着时间的推移，大家的腰逐渐感到酸痛。

“找到了，黄金书签！果然，寻找宝藏是我的强项！”尼妮突然站直身子大喊，她的声音中充满了胜利的喜悦。

这枚黄金书签，造型十分奇特，整个儿看起来像一个穿着披风的少年。亨塞尔盯着黄金书签看，眼神有些异样，这让尼妮心里一哆嗦。

尼妮迅速打开魔法书，小心翼翼地将黄金书签插进书里。黄金书签闪着耀眼的金光，瞬间融入书页之中。

“进展十分顺利！”甘妮的声音中带着轻松和喜悦，平时很谨慎的她，没有注意到尼妮的异常举动。

尼妮半眯起眼，摇着头说：“这次的黄金书签得来太容易了，感觉有点不真实。”

“今天运气好呗。”甘妮也学着尼妮的样子，眯起眼，摇了摇头。

“咕噜噜——”这时，尼妮的肚子发出了抗议声。

“抱歉，我可能是太卖力找黄金书签了。现在好饿啊。”尼妮揉着肚子，脸上露出了一丝羞涩的笑容。

格莱特笑着说：“既然我们找到了黄金书签，现在就回家好好庆祝一下吧。”

亨塞尔也兴奋地喊道：“那我们现在就回家，开一个派对。”

“哇，太棒了！”甘妮欢呼起来。

尼妮也很高兴，但她心里莫名生出了一些担忧。

第四章　魔法书不见了

甘妮和尼妮提出要帮忙准备晚餐，但亨塞尔和格莱特礼貌地拒绝了。于是，甘妮和尼妮只好在客厅待着，品尝随处可取的饼干和糖果。

不久后，餐桌上便摆满了热气腾腾的蘑菇汤、香气四溢的烤鸡、美味的意大利面、新鲜的沙拉和诱人的派。这顿丰盛的晚餐让人难以置信，竟是年轻的兄妹在短时间内准备的。

“哇，这都是你们做的吗？”甘妮惊叹道。

“真是太了不起了！太棒了！”尼妮也忍不住地赞叹，之前的防备之心完全被美味卸下了。

甘妮和尼妮向亨塞尔和格莱特表示感谢，然后拿起叉子，开始享用美味的晚餐。

在美味的食物和愉快的氛围中，甘妮和尼妮完全放松下来。她们讲了许多事，包括现实世界的趣事及她们在幻想王国中的种种经历。而亨塞尔，总是时不时问一些关于魔法书的事。

这个糖果屋装饰得真好看。谁会想到这是女巫的家呢？

女巫的家也可以很漂亮的！人们为什么一提到女巫就认为她是坏人呢？

确实，都是使用魔法的人，男人被称为“魔法师”，女人却被称为“女巫”，不公平。

就是！使用魔法的女人似乎总是被误解。

认为女巫坏是对的。

为什么你会认为女巫坏呢？仅仅因为她们拥有魔法的力量吗？如果用魔法力量做好事，那她们就是善良的；只有用魔法力量做坏事，才是坏的。

通常，女巫被描绘成又老又凶又丑的形象，吓死个人了。

长相不是自己能决定的。我们怎么能用外表来判断一个人的好坏呢？

对。任何人都不应该以貌取人。

也许我们可以和女巫成为好朋友。

真的吗？你们真的可以和女巫成为朋友吗？

当然，我们已经和一些女巫交上朋友了。

嗯，我们和东方女巫、峡谷魔法师等就是朋友。但我知道，咱们这个故事王国里的女巫试图欺骗和吃掉孩子，这太可怕了！

那……那女巫也许有她的苦衷。

吃掉孩子，这有什么好说的！

格莱特，你真的很善良。即使差点被女巫吃掉，还想着去理解女巫。

她真的善良吗？哈哈哈。

亨塞尔，作为哥哥，称赞妹妹会让你觉得难堪吗？你怎么这么说话呢？

即使是童话中的兄弟姐妹，不也和现实中的我们一样吗？都应该友爱。

我们是现实中的友爱的姐妹。

来，喝点果汁吧。聊这么久，一定口渴了。

谢谢。喝了果汁后，突然觉得好困啊，虽然还想继续聊天……

啊，真的困了……

困吧，困就对了。魔法书的事，你再说说。

甘妮和尼妮被困意淹没，她们的头不由自主地下沉，仿佛有无形的重量压在她们的眼皮上，使她们难以抬起。在朦胧的意识中，她们听到亨塞尔的问话和格莱特的笑声，那些声音在她们耳中回响，尖锐而清晰，如同刺破宁静夜晚的银针。随着最后的意识闪过，她们的视野逐渐模糊，最终陷入一片深沉的黑暗之中。

不知道过了多久，甘妮以极不舒服的姿势醒来，她打了个哈欠，伸了下懒腰，迷迷糊糊地说：“啊，吃着晚饭就睡着了，真是莫名其妙。”

甘妮翻了个身，想继续睡一会儿，不小心撞在硬物上，一下子清醒过来。她发现自己不在那个温暖明亮的餐厅里，而是身处一个寒冷、逼仄、黑暗的空间中。

“尼妮，尼妮！”甘妮急忙呼唤妹妹。幸运的是，尼妮就躺在她旁边。

“快醒醒。”甘妮摇醒了尼妮。

“姐姐，让我再睡五分钟。”尼妮嘟囔着。

“不能睡啦！出大事啦！”甘妮的声音陡然增大。

“什么事能比睡觉重要吗？”尼妮以为姐姐正像平时一样和她打闹，但感觉到甘妮声音中的急切和动作中的紧张后，她立刻意识到这不是玩闹，彻底从睡梦中清醒。

“姐姐，我们在哪里？”尼妮揉着惺忪的睡眼，环顾四周，她的声音中带着一丝惊慌。

“我也不知道。”甘妮的声音同样带着慌乱，“我一醒来就这样了。”

确认彼此安全后，两人稍微松了一口气。尼妮摸索了一下身上的包，突然带着哭腔喊道：“怎么办？魔法书不见了！”

“啊？魔法书不见了？”甘妮也吓了一跳。

甘妮和尼妮立即摸出口袋里的手机，迅速打开手机灯光，四下里观察情况。

“尼妮，我们被困在这里了，就像马戏团的动物一样。”甘妮竟然想到了马戏团。

“是像在人鱼王国时一样被关在监狱里了吗？”尼妮更是出人意料，想到了人鱼王国的事。

“突然被关起来，我们犯法了吗？为什么？”甘妮的愤怒几乎要如火山爆发了。

“会不会也有什么机关呢？”尼妮耸耸肩，显得很平静，“幻想王国的冒险总是突如其来地开始。难道不是吗？放轻松吧，姐姐。我相信，最终我们一定会安全回家的。”

甘妮对尼妮突然展现出的成熟感到惊讶，仿佛在这一刻，她长大了许多。听了尼妮的话，甘妮的心情也逐渐平静下来，这才又开始想应对之策。

“姐姐！看那里！”尼妮照亮的地方蜷缩着活物。

“啊，好刺眼！请把那个移开。”蜷缩在那的活物说话了，是一个少年的声音。

“对……对不起。”尼妮连忙道歉，将灯光移向天花板，蜷缩的少年这才慢慢抬起头来。随着渐渐适应灯光，甘妮和尼妮发现少年身后还有一个女孩。当看清两个孩子的面孔时，姐妹俩异口同声地喊道：“亨塞尔！格莱特！”

“你们是谁？你们怎么知道我们的名字？”亨塞尔和格莱特兄妹俩感到很惊讶，小声地问。

“是我们啊！我尼妮，我姐姐甘妮。”尼妮也感到很惊讶，“我们不是还一起吃晚餐来着吗？”

“晚餐？”亨塞尔更加惊讶，“我们被关了两天两夜了，一口东西没吃，一口水没喝。”

格莱特看着一脸困惑的甘妮和尼妮，弄明白了她俩是旅行者，觉得有必要说一说兄妹俩的事，于是开始讲述起来：

你们可能不知道，我们的故事和你们听到的不一样。我们没有伤害女巫，我们才没有那么残忍。我们把她安置在地下室，与我们一起生活，帮助那些在森林中迷路的孩子。我们仨在一起生活得很平静。

就在前天，意外发生了，一个看似和善的年轻人在森林中迷了路，偶然间发现了糖果屋。他看起来疲惫不

堪，而且又饥又渴，显得很无助，很茫然。他开口寻求我们的帮助，我们便邀请他共进晚餐。一开始宾主尽欢，但用餐过程中我们离开了一下，等回来继续吃，不知不觉失去了意识。当我们醒来时，就被囚禁在了地下室，也就是我们现在待的地方。

我们发现，原来待在这里的女巫不见了。究竟是怎么一回事，我们始终想不明白。直到昨晚，我们看到女巫和一个可怕的男人把你们带到这里，锁进笼子关押起来……

甘妮明白过来，她整理了一下思绪，慢慢开口道：“我们昨天一整天都和你们，不，应该说是和那些冒牌货在一起。”

尼妮补充道：“你看到我们的时候，带我们来的人是女巫和一个可怕的男人，对吧？”

“那个可怕的男人一定是黑魔法师！他穿着黑色斗篷。”甘妮紧接着说。

格莱特点头道：“对，他穿着黑色斗篷，声音又粗又沉，所以我确定他是个男人。”

“为什么黑魔法师没有直接攻击我们？他甚至对我们表现得很友好！”尼妮眼中闪过一丝不解。

“他想利用我们找到黄金书签，然后轻易地夺走魔法书。”甘妮拍着膝盖，“对，是这样，一定是这样。”

尼妮挥舞着拳头说：“难怪我觉得那个小孩像个老太太，原来她真的是个女巫，我还以为她很善良……”

所有的疑团都解开了，但姐妹俩并没有感到轻松，反而更加愤怒了。

在地下室，四个孩子又聊了起来。

我们只看外表，尤其被美味降低了警惕性，结果完全上当了！

我们也是，第一次看到糖果屋就上当了，接着还被那个年轻人骗了。

这么容易就上当，真是不甘心！

被骗的我真是个大傻瓜！作为姐姐，我应该更加警惕的。

当我和哥哥第一次被女巫抓住的时候，我也曾这么想。是不是都怪我？如果我能忍受饥饿，或许就不会这样了。但现在想明白了，这不是我的错，骗人的人才是坏人。

对，这不是你的错。

谢谢你们，我现在感觉好多了。我们先想想怎么从这里逃出去吧。

对，得在黑魔法师占领我们的王国之前逃出去，拿回黄金书签。

还有我的魔法书。嗯……顺便问一下，这是哪里？是地下监狱吗？

这是糖果屋的地下室，刚才我说过了呀。只要我们能从牢笼里逃出去，就可以进入森林。

怎么逃？有秘密通道吗？

嗯，因为我们整天在森林中出入，所以我们在许多地方都留下了隐蔽的通道。

连接地下室和森林的秘密通道也是其中之一。

哦，真了不起！

那么我们只需要从牢笼里逃出去。

秘密通道，这是个很酷的行动。

尼妮，现在不是开玩笑的时候。

哎呀，我知道。但是我想问一下，我们怎么从牢笼里逃出去呢？

看那边，能看到楼梯边有钥匙吧？只要我们拿到那个……

我们还没有找到方法。

如果我们有魔法书……不说也罢，魔法书没了。不过，四个人把智慧集中起来，我们也一定可以拿到钥匙。

事不宜迟，快点行动起来吧。

第五章　逃离地下室

“如果我们手头有魔法书，开锁是易如反掌的事！”尼妮因为丢了魔法书，很是懊恼。

甘妮搂着尼妮的肩膀，坚定又不失温柔地说：“即使没有魔法书，我们也能逃出去。”

尼妮被甘妮的话所鼓舞，充满信心地说：“没错！如果钥匙不能自动到我们这儿来，那我们就亲自去取！”

“你说胡话了？”甘妮觉得尼妮的话很奇怪。

不仅甘妮觉得奇怪，亨塞尔兄妹也不明所以。

“我们得齐心协力，把这笼子挪动，让它朝钥匙的方向一

点点偏移。这样一来，每次我们用力时，就会离钥匙更近一步。”见大家都没有明白，尼妮说出了自己的计划。

“真是个绝妙的主意，尼妮！”甘妮十分赞赏，“好！我们按照‘一二三’的节奏，一起用力晃！”

“如果我们在一个笼子就好了，四个人的力气会比两个人的大。”格莱特说。

“没关系啊，我们可以来一场比赛，看谁先拿到钥匙。”尼妮显示了她的乐观、活泼的一面，“我们就不客气啰，姐姐，一起加油吧。”

经过一番努力，甘妮和尼妮姐妹俩先抵达了钥匙所在之处。甘妮伸出手臂，拿到钥匙插入锁孔，轻轻一转，牢笼的门应声而开，两人终于摆脱了束缚。

甘妮拔出钥匙，转身蹲下，也打开了关住亨塞尔和格莱特的笼门。

“太感谢了！那么，现在该看我们兄妹的了！”亨塞尔带着微笑，引领着甘妮和尼妮走向地下室中一个看似普通却暗藏玄机的角落。

“这里真的隐藏着一条秘密通道吗？”尼妮感到很好奇，眼前的墙壁平整，似乎完全密闭，看不出任何蛛丝马迹。

甘妮也很怀疑，但她比尼妮更务实一些，拿起身边一根棍子，在墙壁上这敲敲、那敲敲。

面对姐妹俩的疑惑，格莱特微笑着说：“眼见不一定为实。”说着，她走到角落，轻轻拂去墙上的尘土。随着尘土的抖落，一扇小巧的门框逐渐显现。

“跟我来。”格莱特用力一推，石门开启。她带领大家穿过石门，步入秘密通道。

孩子们穿过了漫长的通道，终于走出洞口，来到森林里，亨塞尔走在最后面，他用树枝巧妙地遮掩了洞口，并撒上了雪。

目睹这一切，甘妮赞叹道："这简直就像魔法一样！黑魔法师做梦也不会想到我们已经逃出来了。"

格莱特笑着回应："现在，该是我们给黑魔法师一点颜色看看的时候了。"

“快来呀！我带路……”看到红丝带，尼妮兴奋地沿着森林小径跑起来。尼妮话音未落，待其他几人循着声音看去时，她突然就不见了。

“尼妮，别闹了，快出来！”甘妮以为妹妹玩性大发，和大家捉起迷藏来了，“现在可不是玩的时候。”

“姐姐，我在这里……”尼妮的声音从某处传来，“救我啊，姐姐。”

尽管尼妮的声音听起来近在咫尺，甘妮却看不见她的身影，听到妹妹的呼救，她更着急了。

“你到底在哪里，尼妮？快出来！”循着尼妮的声音，甘妮边喊边找。突然，她也“啊”一声不见了踪影。

“这里有陷阱！”亨塞尔见姐妹俩离奇失踪，突然意识到了问题所在，急忙拉住了格莱特。

“别动，否则我们也可能落入圈套。”亨塞尔站在原地，仔细看着四周情况。很快，他注意到红丝带指引的道路中央，有些地方露出了干树枝，尽管上面覆盖着厚厚的雪。

“我们在下面！”兄妹俩听到了甘妮和尼妮的声音。

亨塞尔和格莱特迅速找来吃得上劲的树枝，帮助甘妮和尼妮爬出了陷阱。

“谢谢你们。”甘妮从陷阱中脱身后，擦了擦额头上的汗水，“真险啊，我刚才明明看到这里是有人走过的路啊。”

亨塞尔顺系红丝带的路线看去，说：“这条路应该是通向悬崖的。如果我们顺着红丝带走，我们都会掉下悬崖去。”

“什么？悬崖？”尼妮感到十分震惊。

“怎么会这样？”甘妮也很震惊，这些红丝带是昨天她们亲手绑的啊。

有人故意用红丝带标示了错误的方向，指向危险的悬崖，并且设置了陷阱。

还能是谁呢！肯定是可恶的黑魔法师和女巫。亏我这么信任他们。

信任坏人？这不是很可笑的吗？坏人能被信任就不是坏人了。

也是，都是我自己麻痹大意了。

等一下！看这里！他们也留下了回家的标记。

标记？

对。这里的树枝被折断了，那边也有，顺着走下去，应该是回糖果屋的路。

能回糖果屋，可真是太好了。

哎呀，标记的方法有很多种，为何偏偏采取这种破坏自然的方法呢！这样做对树木造成了不必要的伤害，真是的！

是啊，确实不太好。黑魔法师就是可恶。但是，假格莱特，也就是女巫，她的话一直在我脑海里回响。我觉得，女巫可能有她的苦衷。

尼妮真的很善良。经你提醒，我也记得女巫说过一些奇怪的话。

所以，我们当时只是把女巫安置在地下室，希望感化她。

原来如此。但显然，与女巫的沟通并未取得预期效果，她终究还是成了黑魔法师的同伙。

不管怎样，我们得先解决目前的困境，然后再决定是否再给女巫改过自新的机会。

我赞同。

我倒有个办法。

什么办法？

以其人之道，还治其人之身。我们制作一个新的标记，用断树枝作为误导，指向陷阱和悬崖。

我们也这样做？

折断树枝让我有点于心不忍……

别担心，我们也很爱护森林。我们可以捡起地上的断枝挂在树上，这样就可以迷惑他们了。

第六章　黑魔法师的计划

“非常感谢你救了我。等这件事结束后，我会把亨塞尔和格莱特吃掉的。”在糖果屋里，女巫对黑魔法师表示了真诚的谢意，说出了将来的打算。

黑魔法师对女巫的感谢没有任何反应。

女巫也不在意，继续对黑魔法师说：“那么，接下来我该做些什么呢？你已经拿到了魔法书和黄金书签，我不确定还能为你做些什么……”

“当然还有许多事情要做！”黑魔法师用一种令人不寒而栗的声音打断了女巫，“我要将幻想王国变为一个只容纳邪恶的世界。因此，你的任务没有结束，你要将这里变成一个充斥着恐怖故事的王国。”

“这正是我梦寐以求的。”听到黑魔法师的计划，女巫感到异常激动，仿佛浑身充满了力量，“他们谣传我吃孩子，我要把传说变成现实。哈哈哈……”

你的任务没有结束！
我要变传说为真实！

“‘食子巫婆’的故事如何？或者吃了女巫的糖果后，牙齿和嘴巴都融化的故事呢？再不然，将人变成曲奇饼干，浸泡在牛奶里当零食吃的故事怎么样？……”女巫沉浸在她那令人毛骨悚然的幻想之中，对着黑魔法师絮絮叨叨地讲述。

黑魔法师静静地听着，表现得波澜不惊，许久后才说：“成年人都归你处置，你可以随心所欲地把他们制作成饼干，或者让他们的嘴巴融化。”

女巫听后感到异常兴奋，仿佛年轻了三十岁。

“但是孩子们必须无条件服从我。我会抽取他们的灵魂，将恐惧植入他们空洞的心中。”黑魔法师说这句话的时候，让人觉得世界末日就要来临。

女巫的心猛地一紧，但表面上却显得很淡定。为了讨好黑魔法师，她献上了一个狡诈的计划。她缓缓说道：“那么，我会打扮成一个慈祥的老奶奶到村子里去。那些吃了我施过魔法的饼干和糖果的人，将会在甜蜜的幻觉中失去自我，变成完全听从我们的傀儡。”

“来，尝尝这些饼干吧，吃吃这些糖果吧，都是我亲手做的。”女巫说到做到，立刻装扮成慈祥的老奶奶，到村子里分发外形诱人、香气十足的糖果和饼干。

人们被那些外形和香气所吸引，无论男女老少，都忍不住从女巫手中接过糖果和饼干。

人们对着诱人的美食轻轻咬了一口，顿时神清气爽，这美味让他们惊叹不已。

“天哪，我从没尝过这么美味的饼干。”

“啊，这些饼干形状真漂亮，看着就想吃。”

“这糖果让我心醉神迷，简直是人间极品！”

“哇，这糖果闪闪发亮，就像星星。”

“饼干和糖果各咬一口，更加美味。”

……

在老奶奶的热情邀请下，大家纷纷发出赞叹，欢快地品尝着饼干和糖果。

起初，村子里因为人们的赞美声而喧嚣不已，不久后，四周竟变得一片寂静。那股强烈的香甜味，让人们的头脑变得迟钝，眼神变得空洞，渐渐呆立不动。真没想到，人们因为饼干和糖果竟失去了自主思考和行动的能力。

“你们都曾瞧不起我，厌恶我，现在看看你们自己。哈哈哈……”女巫看着这一幕，心中的喜悦难以抑制。然后，她念起咒语，将村民分成小孩和成人两队。

看到时机成熟，黑魔法师步入村庄。他满意地点了点头，向女巫要了咒语，然后伸出手，像指挥家一样，做了一个夸张的手势，只见所有人都笔直地站立，目光呆滞地看向黑魔法师。

黑魔法师的目光扫过所有人，缓缓开口道："从今往后，我便是这王国的新统治者。"

一般情况下，宣告应激起欢呼和掌声的，但村民们如失了魂儿，毫无反应。整个村庄沉浸在一片死寂之中，只有黑魔法师那令人胆寒的声音在空气中回荡。

女巫本来还为自己的魔法而庆幸的，但这样的冷场，让她心里不免感到后怕。她原本只是想发泄一下自己的不满，但发

现黑魔法师的做法远远不是发泄那么简单。

“王国的旧主已经消失得无影无踪，魔法书和黄金书签已经落入我的掌控之中。”黑魔法师当着村民的面，拿出那本收集着黄金书签的魔法书，双臂张开，高声宣告，“现在，这个王国将被黑暗所笼罩！”

依然没有掌声，没有喝彩，呆呆的村民们就像摆在场地上的木头人，用沉默配合黑魔法师做戏。

黑魔法师试图翻开那本魔法书。然而，魔法书却像被胶水固定住了一样，怎么也翻不开。黑魔法师怒了，更加用力地翻书，但无济于事。

女巫目睹这一幕，眼中闪过一丝困惑，说：“这是怎么回事？那两个孩子都能轻松打开这本书。黑魔法师，看来这不是仅用蛮力就能解决的问题，我们得另寻他法……”

黑魔法师不耐烦地打断了女巫，怒吼道：“给我住口！我不知道吗？”

黑魔法师将手放在魔法书上，用一种低沉而瘆人的声音念诵起咒语。他的斗篷下，迅速喷涌出浓密的黑烟，把魔法书裹挟到了半空中。魔法书本来是有光环环绕着的，但黑烟把它的光环严严实实地裹住了。

黑魔法师控制着黑烟，对着魔法书大声喊道：“库贝伊德波！库贝伊德波！”

魔法书剧烈抖动起来，仿佛要被撕裂一样，但是它的书页好像被强力胶牢牢黏住，依旧紧闭着。黑魔法师的眼中，燃起了熊熊怒火。

“连强大的黑魔法师也打不开这本魔法书，这是为什么呢？”目睹这一幕的女巫，内心很不服气，和黑魔法师一样感到很愤怒，“我也施加一些魔法力量吧。”

女巫的话触及黑魔法师的自尊，他无法抑制自己的愤怒，更多的黑烟从他的斗篷下喷涌而出。他像疯了一样大吼起来，每次吼叫，都有一股黑烟从斗篷下涌出。

黑魔法师突然想起了甘妮和尼妮。他意识到，要打开魔法书取出黄金书签，需要那两个孩子的帮助。

黑魔法师低声对女巫说："必须得到那两个孩子。"

女巫小心翼翼地问："那我们再去把她们带回来吗？"

"是，我们必须抓紧时间！他们应该还关在糖果屋的地下室里，我们得立刻返回糖果屋。"女巫被黑魔法师的怒火所震慑，默默地跟在他身后，不敢多言。

第七章 糖果屋遭遇战

孩子们沿着标记前进，很快就看到了糖果屋。因为担心黑魔法师和女巫还在里面，他们蹑手蹑脚地靠近了糖果屋。

“我们先窥探一下屋里的情况。”亨塞尔趴在窗玻璃上，呵着气擦亮玻璃，努力往里面看。

“厨房里看起来空无一人。”格莱特学着哥哥的做法，仔细观察一番后说。

“客厅也是。”尼妮看后补充道。

“或许整个房子里都没有人。”甘妮显得忧心忡忡，谨慎的她多了一个心眼，“但如果他们正藏在某个角落，等着我们自投罗网怎么办？”

“我先进去探个究竟！”甘妮还没来得及制止，尼妮已经迅速推开门，迈步走进屋内。其他人紧紧贴着墙壁，紧张地咬着嘴唇，屏息以待。

尼妮才进去一分钟不到，甘妮觉得过了半个世纪，作为姐姐，她的心全系在妹妹身上。

幸好，过了片刻，尼妮就完好无缺地从屋内走出来。她带着一丝兴奋大声宣布：“伙伴们，里面一个人也没有！”

一直提心吊胆的孩子们终于松了口气，紧张的气氛瞬间缓解。

“那么，黑魔法师和女巫去了哪里？”亨塞尔内心不安地问。

“他们发现我们逃走了，是不是出来追捕我们了？”格莱特担心地说。

“我总觉得不安。”甘妮说。

倒是尼妮，显得很平静。她说：“想那么多干吗？你们不觉得口渴吗？我们先回家喝点冷饮吧……”

突然，一声巨响——

一团火球朝孩子们疾飞而来。紧接着，更多火球砸来。甘妮和亨塞尔挺身而出，用自己的身体作为屏障，保护着妹妹们免受火球的威胁。

在火球飞来的方向，黑魔法师和女巫正站在那里。

四人立刻闪进糖果屋，关紧了门窗。

大家都还好吗？

我还好。你们呢？

黑魔法师在外面不断扔火球！

格莱特，这所房子能承受黑魔法师的攻击吗？

由饼干制成的墙，是不是很容易碎？

放心吧，只有外表是用饼干装饰的，里面的墙建造得很坚固。

虽然坚固，但却是用木头做的，应该是无法抵抗火球的。

啊！那面墙上有个洞！

怎么办！这里也出现了洞！

大家注意，离洞远一些！

“嗖嗖嗖——”

突然，出现了不一样的声音。

是什么声音？他想做什么？

可能是黑魔法师在制造旋风。

是要把房子吹走吗？

把房子吹走？那得多大的风啊？

不过，相对于火球来说，木头房子还是有一定的抗风能力吧。

房子在摇晃，快撑不住了，我们得去地下室避难！

那快走吧！

快，从这里走。

屋外，黑魔法师和女巫正忙着施展魔法，企图将整座房子吹走。黑魔法师喷出的黑色旋风在女巫洒下的魔法药水的加持下，威力大增。

旋风很有威力，在它的作用下，饼干被吹跑了，黏黏的糖果也被卷走了。不久之后，连坚固的木板也开始一块接一块地剥落，屋子晃动得越来越严重。

“哗啦！”

随着一声震耳欲聋的巨响，整座房子塌了。

黑魔法师和女巫相视而笑，走向了房子原本矗立的地方。这里，现在只剩下烧焦的木块和饼干、糖果碎屑。

“没有看到小脑袋瓜，那四个小家伙肯定被压在下面了。”女巫四下里仔仔细细地找了一遍，她的话语中透露出一丝邪恶的满足。

当黑烟散去后，黑魔法师和女巫又细致地找了一遍，仍没看到孩子们的身影。黑魔法师呼唤出狂风，将倒下的房子吹开，露出了一大块地基。两人对视了一下，目光落在了通往地下室的盖板上。

黑魔法师猛地一脚踹向地下室的盖板，怒吼道：“像老鼠一样躲藏的家伙们，滚出来吧！”他的声音，回荡在森林上空，久久不息。

别磨蹭！
我腿脚不好！

可是，黑魔法师和女巫等了一会儿仍不见人影。黑魔法师瞪了眼女巫，她只得移开地下室的盖板，到一个小平台上，打开入口处的门，小心翼翼地沿着台阶慢慢走下去。

愤怒的黑魔法师在女巫身后不耐烦地催促着："你能不能快点？赶紧下去！"

女巫结结巴巴地回答："我……我是老人家了，腿脚……腿脚不太方便……对不起！"

地下室内，白色的粉尘如同薄雾般弥漫，不见人影。在昏暗的光线下，女巫眯起眼睛，努力地四处搜寻，然后对黑魔法师喊："小家伙们不见了，他们就像被施了魔法一样消失了！"

黑魔法师走下来没有发现，也感到很不可思议，和女巫面面相觑。

"这些孩子不懂魔法，又没有魔法书，这怎么可能？"黑魔法师的声音中透露出怀疑。

"没错，亨塞尔和格莱特甚至与魔法世界毫无关联！"女巫肯定地说。

就在这时，一个身影悄无声息地出现在女巫身后。

第八章 魔法与智慧的对决

孩子们躲进秘密通道，黑魔法师和女巫当然发现不了啦。

“女巫的视力和听力都不甚灵敏，我悄无声息地接近，她应该不会察觉。”格莱特从地下通道出来，蹑手蹑脚地绕到女巫的背后。

这个计划看起来无懈可击，但当其他孩子看着格莱特逐渐靠近女巫时，他们的心都提到了嗓子眼，紧张得几乎能听见彼此的心跳。

格莱特像影子一样悄无声息地向女巫靠近，轻轻地扇动衣角，以引起女巫的注意。

尽管女巫的视力和听力不佳，但她的嗅觉异常敏锐，很快就察觉到了一丝不寻常的气味。她嘴角勾起一抹狡猾的微笑，突然向气味飘来的方向投掷了一瓶魔法药水。

“格莱特，你以为你的气味能瞒过我吗？”女巫的声音听起来令人心惊胆战。

但是，格莱特已经像一道闪电般退回了秘密通道，其他几个则快速掩好了门，魔法药水不偏不倚地洒在了黑魔法师的脚背上。黑魔法师本能地向药水飞来的方向扔出了一团火球，完美地击中了女巫，她应声倒地。

本就因为孩子们的消失不见而怒火中烧的黑魔法师，对着女巫发起了火。

你在搞什么鬼！

请原谅我。我没意识到是你。我闻到了格莱特的气味，所以才投掷了魔法药水。

哼，真是无能！

求你饶我一命，我肯定还有用武之地。

够了。现在我一个人就能搞定，把你剩余的力量交给我，然后从我眼前消失吧。

消……消失……你在说什么……

就是字面意思。

你不能过河拆桥。

孩子们躲在秘密通道里，屏息凝神地偷听着通道外面黑魔法师和女巫的对话，因为计划成功了，他们心里都美滋滋的。

看来黑魔法师打算除掉女巫。

难道女巫就这样消失了吗？

看起来是这样的。

那她不就是以坏人的身份结束生命了吗？

没有机会反省，这倒是挺遗憾的。

我们曾试图让她改过自新。

虽然女巫有点可怜，但我们这会儿出去救她太危险了……

尼妮从通道里冲了出来，向黑魔法师投掷了一块小石头。小石头对黑魔法师没有造成任何伤害，但足以激怒他。

黑魔法师，立刻停止你的行为！

啊！尼妮！

你这个可恶的小鬼，竟敢这样对待伟大的黑魔法师！

黑魔法师抛下女巫，转而向孩子们投掷火球。孩子们惊恐万分，急忙沿着秘密通道逃向茂密的大森林。黑魔法师迈开大步，紧追不舍。

尽管黑魔法师的攻势猛烈，但孩子们机敏过人，凭借灵活的身手在草丛和树木间穿梭躲闪，巧妙地避开了黑魔法师的攻击。

黑魔法师非常愤怒，但不一会儿恢复了冷静，因为他发现孩子们已经踏上了红丝带标记的路径。

“嘿嘿，他们不知道这红丝带之路实际上是通向悬崖的，我只需将他们逼至悬崖边即可。而且还有陷阱，掉下去也不错。”黑魔法师假装因为未能击中孩子们而愤怒，继续投掷着火球，可他左等右等，始终没有听到预期中的尖叫。

“或许他们设法躲过了陷阱，但很快他们就会无处可逃。”黑魔法师面带微笑地向孩子们发出了威胁，“逃吧，看你们还能逃到哪里去！”

砰！
砰！
砰！
砰！
砰！

你们无处可逃了！
砰！
啊！
尼妮！你还好吗？
嗯！我是故意装出被击中的。
砰！
砰！
砰！
往这跑，格莱特！
你们就像瓮中之鳖，无路可逃了……
啪！

哎呦！
魔法书！
拿到了！
快接住……
这回你可逃不掉了！
放开他！

怒气冲冲的黑魔法师用黑烟紧紧地包裹住了亨塞尔，令他喘不过气来。但亨塞尔没有屈服，反而挑衅黑魔法师道：“你不感到羞愧吗？以孩子为对手，甚至使用残酷的魔法。”

黑魔法师心中的怒火，简直无以复加了。

黑魔法师施展法术，猛地一拉，瞬间把被黑烟捆住的亨塞尔拽到面前。然而，亨塞尔面对黑魔法师那双闪烁着红光的眼睛，并没有流露出丝毫恐惧，反而发出了“咯咯”的笑声，还挑衅说：“你就是欺负小孩，要不我们来打场没有魔法的雪仗，我保证让你输得找不到北。”

黑魔法师一言不发，显得十分不耐烦，头顶上蒸腾起滚滚的黑色热气，周围的黑烟变得更加浓密。亨塞尔顿时感到呼吸困难，喘息声越来越重。

尼妮赶紧求助魔法书召唤托尼前来帮忙，但是魔法书却毫无反应。

“为什么魔法书打不开？这在以前从未发生过！”尼妮显得手足无措。

“嘿嘿，看来不是我的能力问题。即使在旅行者手中，魔法书也未能开启。所以，现在你们对我来说已经没有用处了。等我处理掉你们，我就能不受干扰地研究这本魔法书了。”黑魔法师的脸上露出了满意的微笑。

甘妮急匆匆地走到尼妮身边，检查了一下魔法书。姐妹俩齐心协力试了一次，仍无法打开魔法书。

但是甘妮和尼妮并不是那种轻易放弃的孩子。尼妮紧握着魔法书，大声呼唤：“魔法书啊，请帮助我们这些想要守护幻想王国的人吧！”

就在那一刻，被甘妮和尼妮共同紧握的魔法书突然自行打开，从中射出一股强烈的光芒。

光芒很刺眼，孩子们不得不暂时闭上眼睛。等他们再次睁开眼睛时，发现黑魔法师已经不见了踪影。或许，黑魔法师被光芒驱散了吧。

格莱特立刻跑到倒在地上的亨塞尔身边查看。亨塞尔一开始呼吸有些急促，所幸没有受伤。

“一切都结束了吗？”亨塞尔问。

“应该吧。”格莱特说。

甘妮和尼妮也长长地舒了一口气，一屁股坐在地上。

书页还没有合上，托尼小心翼翼地从魔法书中走了出来，和几个人都打了招呼。

“托尼，你怎么才出现呀！我们差点就没命了！”看到托尼后，尼妮忍不住大哭起来，这是她混合着心安与悲伤的泪水。

面对尼妮，托尼带着抱歉的语气说：“对不起。我知道黑魔法师试图强行打开魔法书，所以必须牢牢守护在书里，不能让他打开。因为我太专注于守护，没有注意到魔法书已经回到了你的手中。”

托尼安慰着甘妮和尼妮，紧紧地拥抱了她们。托尼的怀抱既温暖又凉爽，仿佛能治愈一切。

托尼紧接着说：“黑魔法师去了村子。村子里的人可能面临危险，所以我们也得立刻赶过去。”

托尼抱着孩子们，身体慢慢膨胀，变成了热气球的形状，摇摇晃晃地升向天空。他们乘着风，快速向村子飞去。

第九章　爱与尊重的力量

黑魔法师走向村子里村民聚集的地方。村民们像石化了一样，保持一定动作面无表情地站着。黑魔法师念起咒语，开始向这些人吹黑气。

“为我服务吧，黑暗才是最强大的！”黑魔法师恐怖的声音仿佛渗透进村民的每一个细胞里。

黑气进入村民们的鼻孔，渐渐地，他们的脸上逐渐笼罩着黑光，听从黑魔法师的指令，像士兵一样排起了队。

“踏踏踏！”村民们步伐整齐划一，如同傀儡被许多条线牵引着。

“攻击吧！”随着黑魔法师一声令下，他们开始向刚抵达村子的托尼和孩子们投掷石块。漫天石块如雨，纵使孩子们再灵活也躲不过去。幸好，热气球托尼变成了盾牌。

“啊！”尼妮躲闪不及，被砸中的她捂着头表示不解，“村民们为什么会变成这样？”

“村民们的表情很奇怪。”亨塞尔扫了一眼人群，“好像完全没有意识一样。”

“他们肯定是被黑魔法师诅咒了！”甘妮一语道破真相，“但是，他们是村民，我们不能攻击他们。”

“对。在解除困扰村民的魔法之前，我们只能阻止。由我来负责村民们。”托尼表示赞同，伸展开身体，从盾牌变成罩子，像一个巨大的蘑菇伞一样拥抱了村民们。村民们虽然对托尼拳打脚踢，但对托尼软绵绵的身体没有任何伤害。

“托尼，你还好吗？”尼妮担心地看着托尼，她的眼里充满关切。

托尼笑着说：“我没关系，不用担心！”

托尼也担心甘妮和尼妮，带着歉意说：“应该是我去对抗黑魔法师的，却让你们来承担这一切，真是对不起。但我相信你们一定能够做到的，加油！”

“嗯，加油！”甘妮和尼妮也给自己打气，做出加油的手势。

“我们也来帮忙。”亨塞尔和格莱特兄妹俩异口同声地喊道，也做出加油的手势。

甘妮、尼妮、亨塞尔和格莱特四个孩子勇敢地站在黑魔法师面前，他们的身影在昏暗的光线中显得坚定而无畏。黑魔法师双手一挥，召唤出一个比之前更大的火球，在空中画出一道耀眼的轨迹，带着炙热的气息迅猛地向孩子们砸去。

尼妮迅速从魔法书中抽出灭火器，果断地对准火球喷射。火焰在一阵白色的粉末中被扑灭，但强风却将粉末吹得四处飞扬，像雪花一样，覆盖在了孩子们身上。

趁着这个机会，黑魔法师转而召唤来一场暴雨，雨水淋湿了孩子们，使得粉末牢牢地黏在他们的身上。

在黑魔法师的连续攻击下，孩子们感到手忙脚乱。而黑魔法师一点也不手软，释放了更强大的能量。他的身影，在雨幕中显得更加阴森和强大。

甘妮紧紧抱着妹妹们，闭上了眼睛。

“啪！”随着一声巨响，当他们睁开眼睛时，黑魔法师的黑烟已经消失不见。原来，黑魔法师正遭受魔法药水的攻击。

给我后退！

黑魔法师周围燃起了熊熊火焰，女巫毫不畏惧，正一瓶接一瓶地投掷魔法药水，勇敢地与黑魔法师交锋。

“不！你怎么敢对我……”黑魔法师对女巫突如其来的强大攻势感到震惊，话语中带着一丝恐惧和无尽愤怒。

托尼和孩子们也感到非常意外，他们的目光紧紧锁定在这场激烈的对决上。

“你发昏了吗？”黑魔法师咆哮着，“我们是一伙的，蠢货！”

“你太恐怖了，我才不要和你一伙呢！”女巫面带坚毅之色，一步步逼近黑魔法师，“我并不是一开始就想伤害孩子们。是因为孩子们嘲笑我老态龙钟、丑陋不堪，我感到无比愤怒，才做出了那样的事。我想用我的力量来获得人们认同，我想要报复那些不尊重我的人。当然，无论出于什么理由，伤害孩子都是错误的……”

“你是坏人，这会儿来讲什么温情？坏人就该演好坏人的角色。”黑魔法师受不了了，打断道。

“但这些孩子对我的态度截然不同。他们想要为生活在黑暗中的我带来光明。他们没有排斥我，而是尽力理解我。他们想成为我真正的朋友。”女巫回头望向孩子们，她的眼神中充满了哀伤，但也有着一些释然。

有那么一瞬间，黑魔法师好像被女巫的话打动了，竟停止了攻击。

“这些孩子没有因为我的外表丑陋而对我产生偏见。他们努力向我展示不同的生活之道。这与你这种幻想建造邪恶世界，只想利用我、然后抛弃我的人完全不同。我要报答这些孩子。为此，我必须除掉你！哪怕要耗尽我所有的力量！”女巫的声音哽咽，带着颤抖。

“说了半天，我还以为有什么惊人之论呢。”黑魔法师大笑起来，“你以为你谁啊！别啰唆了，要战便战，看看你是魔法厉害还是嘴皮子厉害。”

女巫从怀中掏出了一个巨大的魔法药水瓶，瓶中的药水汹涌澎湃，好像是被煮开的沸水。

“去吧！”女巫念起咒语，全力将大魔法药水瓶投掷出去。

黑魔法师感受到了凌厉的攻击，知道自己低估了愤怒的女巫的战斗力，便用尽全部力量，化作一团黑烟向高空飞去，企图逃跑。然而，随着魔法药水瓶的炸裂，从中涌出的彩虹色烟雾，紧紧地扯住了变成黑烟的黑魔法师。两股烟雾在空中纠缠不休，展开了一场激烈的拉锯战。

“雷根波根，迪沃根本登，夏登特列伦！”女巫反复而急速地念着咒语，彩虹色气体终于将黑烟团团包住，并艰难地把黑烟拉向女巫手中的空瓶。为了压制那股黑烟，圆圆的瓶子在女巫的手中剧烈地颤动着。

就在黑烟即将被完全吸入瓶中之际，女巫用尽了她最后的力量，一屁股瘫倒在地。她喘着粗气，声音微弱地说："快点封住瓶口，必须封印黑魔法师的力量。"

亨塞尔迅速盖上了瓶盖。黑烟在瓶子里翻腾，使大瓶子像活蹦乱跳的鱼一样扭动着。

解决完黑魔法师后，女巫又念了一段咒语，那些村民从女巫的甜蜜魔法中解脱出来，逐渐恢复活力。

村民们恢复后一看到女巫，纷纷大喊：

"那个可怕的女巫怎么又出现在我们村子？"

"瞧瞧她那副丑陋的嘴脸。她不知道自己身在何处吗？这么无耻！"

"快滚出我们的村子，否则我们烧死你。"

……

人们围住女巫，说着刻薄的话。大口喘着粗气的女巫坐在地上，浑身无力，只能低下了头，默默忍受各种恶毒言语，此时此刻，她显得孤独而无助。

就在这时，甘妮勇敢地站了出来，挡住愤怒的村民，用坚定的声音说："是她救了我们大家！也是她守护了我们的王国，让大家免受黑魔法师的伤害。她是我们大家的英雄。她应该被献上鲜花和掌声，而不是谩骂和伤害。"

“没错！是她挺身而出与黑魔法师对抗。所以请不要仅凭外表做出判断，听听事实。大家请给她一个机会！”格莱特也站出来支持，她的声音坚定而有力。

尼妮也插话道：“而且她还有制作糖果和饼干的好手艺。”

甘妮和尼妮紧紧拥抱着女巫，女巫在她们的怀抱中静静地流下了泪水。

“都是我的错。我以前太过分了。”女巫低声和大家道歉。

甘妮和尼妮什么也没说，只是紧紧握住女巫的手。孩子们的温暖直接传递给了女巫。

亨塞尔和格莱特也走向女巫，对女巫伸出手，说：“奶奶，让我们一起回糖果屋吧。我们可以重建被破坏的家园，一起为那些迷路的孩子做好吃的饼干和糖果。”

“谢谢孩子们，你们的心和手一样温暖。”女巫哽咽着，她的声音因感动而颤抖。

尾声 比糖果还甜的话

“姐姐，我喜欢你，不是因为你的美丽，你懂的，对吧？”在回家的路上，尼妮握住了甘妮的手，她的声音很温柔。

“尼妮，我喜欢你，不是因为你的可爱，你懂的，对吧？”甘妮紧紧地回握尼妮的手，她的眼神中充满了温暖。

“虽然听起来有点肉麻，但说出来的感觉真好。听到姐姐这么说，感觉真好。”尼妮忍不住笑出声来，她的声音里带着一丝调皮。

“你的话，比糖果屋的巧克力喷泉还要甜呢。”甘妮也笑了，她的笑容像阳光一样灿烂。

尼妮假装受不了，挣脱甘妮的手，蹦蹦跳跳地跑开了，一边跑一边喊：“哇，太肉麻了！姐姐，你的话比糖果还要甜呢！”

可能的藏宝处
书签可能藏在糖果屋里的8个地方，你也来找一找吧！

名著聊天室

托尼邀请甘妮和尼妮加入聊天室。

我整天吃蛋糕都不会觉得腻，就是爱吃。想出“糖果屋”这个创意的人真是天才！

原书作者是格林兄弟，对吧？

准确地说，格林兄弟并没有创作《格林童话》。

真的吗？

对，《格林童话》是格林兄弟搜集、整理的民间传说、童话故事、寓言等的集子，而不是原创的。

怎么搜集这么多故事的？在那个时代，连电脑都没有。

他们付出了我们想象不到的艰辛。

虽然辛苦，但一定很有趣！

格林兄弟认为古老的故事是民族的精神瑰宝，所以他们不辞辛苦整理并记录了它们。为梦想而努力的过程一定是幸福的。

为何黄金书签会在《亨塞尔和格莱特》的王国里呢？

对啊，它跟其他童话有何不同吗？

其他童话中有很多内容是说孩子要听大人的话。这部童话则是孩子们自己克服危机，战胜困难。

是啊，亨塞尔和格莱特的确非常勇敢。

对，就像我们一样！我们在拯救幻想王国。

当然，你们也很棒。

名家简介

格林兄弟

世界文学史上著名的兄弟作家
德国民间故事和童话故事的搜集、整理者

哥哥：雅各布·路德维希·卡尔·格林
（Jacob Ludwig Carl Grimm，1785年1月4日—1863年9月20日）
弟弟：威廉·卡尔·格林
（Wilhelm Carl Grimm，1786年2月24日—1859年12月16日）

格林兄弟出生于德国小城哈瑙。他们是兄弟三人，有一个妹妹，老大是雅各布，老二是威廉，雅各布和威廉兄弟俩关系尤为亲密，曾随父亲在大城市生活。在雅各布大约 11 岁时，父亲去世，全家便回到了故乡哈瑙。两年后，照顾他们的祖父也去世了，剩下的家人不得不四处迁徙，生活变得颇为艰难。在这段艰难时期，雅各布和威廉相互扶持，相互鼓励，培养了深厚的情谊。成年后，他们一同学习法学和语言学，留下了杰出的作品《格林童话》。

在大学期间，格林兄弟遇到了萨维尼教授，从而意识到古老文献和资料的重要性，认为这些是民族的精神文化遗产。从 1807 年起，兄弟俩开始搜集古老的故事。1812 年，他们出版了第一部故事集《格林兄弟搜集的儿童和家庭民间故事》，在德国迅速成名。之后，他们又陆续出版了第二卷、第三卷。

尽管格林兄弟长期一起工作，但他们的兴趣也有差异。哥哥雅各布倾向于分析和研究，而弟弟威廉则对有趣的故事情节更感兴趣，因此，哥哥负责整理搜集和敲定内容框架，弟弟则负责使之变得引人入胜。正是这种互补，使得《格林童话》既有严谨的结构，又充满趣味性，成为一部深受全世界人们喜爱的经典之作。

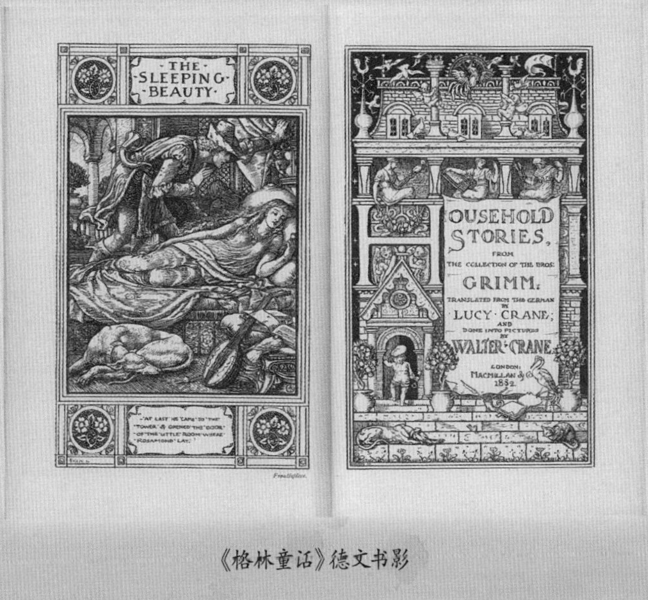

《格林童话》德文书影

穿靴子的猫
彼得·潘
绿野仙踪
爱丽丝梦游仙境
红发安妮
丛林之书

名著岛
亨塞尔与格莱特
王子与乞丐
美女与怪兽
海的女儿
木偶奇遇记
格列佛游记

图书在版编目(CIP)数据

奇妙糖果屋/(韩)智逌莉著;(韩)李景姬绘;李婷译. 一福州:海峡文艺出版社,2024.12
(魔法图书馆)
ISBN 978-7-5550-3912-9

Ⅰ. I312.685

中国国家版本馆 CIP 数据核字第 2024Z5H589 号

奇妙糖果屋

[韩]智逌莉 著 [韩]李景姬 绘 李婷 译

出版人	林 滨
责任编辑	邱戊琴
出版发行	海峡文艺出版社
经 销	福建新华发行(集团)有限责任公司
社 址	福州市东水路 76 号 14 层
电话传真	0591-87536797(发行部)
印 刷	福州德安彩色印刷有限公司
厂 址	福州市金山工业区浦上标准厂房 B 区 42 幢
开 本	720 毫米×1010 毫米 1/16
字 数	80 千字
印 张	8.25
版 次	2024 年 12 月第 1 版
印 次	2024 年 12 月第 1 次印刷
书 号	ISBN 978-7-5550-3912-9
定 价	29.00 元

如发现印装质量问题,请寄承印厂调换